VENTE DES JEUDI 12 ET VENDREDI 13 DÉCEMBRE 1889

HOTEL DROUOT, SALLE N° 8

OBJETS D'ART

DE CURIOSITÉ

ET

D'AMEUBLEMENT

BELLES ÉTOFFES

Tapis

TAPISSERIES

EXPOSITION PUBLIQUE

Le Mercredi 11 Décembre 1889

COMMISSAIRE-PRISEUR	EXPERT
Mᵉ P. CHEVALLIER	**M. Ch. MANNHEIM**
10, rue Grange-Batelière, 10.	7, rue Saint-Georges, 7.

CATALOGUE

DES

OBJETS D'ART

DE CURIOSITÉ

ET

D'AMEUBLEMENT

Porcelaines de Chine, du Japon et autres; Bijoux
Sculptures en bois, en marbre et en ivoire
Armes; Fers; Objets variés; Bronzes
Meubles Renaissance en bois sculpté et autres
des époques Louis XV et Louis XVI
Sièges couverts en tapisserie

BELLES ÉTOFFES, VELOURS ET BRODERIES

DES XVIᵉ, XVIIᵉ ET XVIIIᵉ SIÈCLES

Tapis d'Orient

Belles Tapisseries

DONT LA VENTE AURA LIEU

HOTEL DROUOT, SALLE Nᵒ 8

Les Jeudi 12 et Vendredi 13 Décembre 1889

à 2 heures

Mᵉ PAUL CHEVALLIER	M. CHARLES MANNHEIM
COMMISSAIRE-PRISEUR	EXPERT
10, rue de la Grange-Batelière, 10	7, rue Saint-Georges, 7

EXPOSITION PUBLIQUE

Le Mercredi 11 Décembre 1889, de 1 heure à 5 heures.

CONDITIONS DE LA VENTE

Elle sera faite au comptant.

Les acquéreurs payeront, en sus des adjudications, *cinq pour cent* applicables aux frais.

L'Exposition mettant le public à même de se rendre compte de l'état des objets, il ne sera admis aucune réclamation une fois l'adjudication prononcée.

Paris. — Imp. de l'Art, E. Ménard et Cie, 41, rue de la Victoire.

DÉSIGNATION DES OBJETS

---

1 — Coffret rectangulaire à couvercle bombé, en
bois recouvert de velours rouge et à moraillon,
entrée de serrure et poignée en bronze ciselé et
doré du xvie siècle.

2 — Coffret en bois et pâte, de forme carré long,
avec couvercle en toit. Italie. xvie siècle.

3 — Calice du xve siècle en cuivre doré, avec
nœud sphérique garni de six petits médaillons
ronds, d'argent gravé à figures. La coupe en
argent est dorée à l'intérieur.

4 — Petite armoire porte-montre, en bois laqué
noir et or.

5 — Petit buste de femme en bois sculpté. Fin
du xvie siècle.

6 — Petit coffret rectangulaire en ivoire gravé et doré, à armoiries et inscriptions. Travail persan.

7 — Lampe antique en terre avec figure de sphinx.

8 — Deux pièces : plateau à bords dentelés en marqueterie d'écaille, cuivre et étain, et médaille en plomb représentant les trois Grâces.

9 — Petite miniature rectangulaire en grisaille : sujet mythologique. Cadre en cuivre.

10 — Deux pièces : boîte oblongue en agate, montée en cuivre, et peigne chinois.

11 — Quatre pièces : boîte à jeu, écrin à couvert en galuchat, écrin d'écuelle et écrin à cuillères.

12 — Couronne de Vierge en bronze ajouré et doré.

13 — Socle rectangulaire en bois de fer ajouré.

14 — Lot de socles en bois de fer ajouré.

15 — Coffret vénitien plaqué d'os et incrusté d'étoiles, en marqueterie de bois et d'ivoire.

16 — Deux pièces : main et cœur en ambre, avec monture de bronze doré. XVIe siècle.

17 — Miniature ovale sur émail : Portrait d'homme. Signée Delamare, 1770.

18 — Deux miniatures ovales sur ivoire : Portraits de femmes en costumes Louis XV. Cadres en bronze doré.

19 — Drageoir de forme contournée, en buis sculpté aux armes du Dauphin. XVIIe siècle.

20 — Boîte en forme de coquille, en buis sculpté et piqué. XVIIe siècle.

PORCELAINES DE CHINE ET DU JAPON

21 — Potiche en ancienne porcelaine de Chine, décorée de chrysanthèmes bleus et fermée par un couvercle plat en fer.

22 — Potiche couverte de même porcelaine, décor bleu à lambrequins ornés.

23 — Pot à eau en ancienne porcelaine de Chine, décoré de sujets familiers polychromes et bordure rehaussée de dorure.

24 — Compotier en ancienne porcelaine mince de la Chine, décoré de fleurs gaufrées et rehaussé de dorure.

25 — Deux plats ronds en deux dimensions, en ancienne porcelaine de Chine, décorés de fleurs gaufrées en relief au fond, et d'une couronne d'ornements quadrillés bleu clair et de fleurs dorées au marli.

26 — Plat rond en vieux Chine, à décor bleu; au fond, pagode, bambou et bananier.

27 — Compotier en porcelaine de Chine, à décor bleu, avec pagode et paysage et bordure découpée à jour.

28 — Plat rond en ancienne porcelaine de Chine, décoré d'un sujet familier en émaux de la famille rose.

29 — Plat rond de même porcelaine, décor polychrome rehaussé d'or à fleurs et oiseaux.

30 — Plat creux en vieux Chine, décoré d'un ar-
buste au centre, et d'ornements au marli.

31 — Plat creux de même porcelaine, à décor bleu
avec bouquet au centre.

32 — Deux assiettes en porcelaine de Chine, décor
polychrome ; fleurs et arbustes au centre, couronne de fleurs au marli.

33 — Six assiettes en vieux Chine, décor polychrome ; faisan au centre, et fleurs au marli.

34 — Six assiettes en vieux Chine, à décor en
dorure aux armes de Fouquet.

35 — Six assiettes creuses en vieux Chine ; au
centre, fleurs et oiseaux, et filet bleu au marli.

36 — Quatre assiettes en ancienne porcelaine de
Chine dite de l'Inde, avec armoiries au centre.

37 — Trois assiettes en ancienne porcelaine de
Chine, à décors variés.

38 — Grand plat rond en vieux Chine à décor bleu.

39 — Plat rond en vieux Chine, décoré de fleurs
polychromes.

40 — Chocolatière et bol en porcelaine du Japon, à
décor en bleu, rouge et or.

41 — Plat rond en vieux Japon, à décor de fleurs
et d'ornements, en bleu, rouge et or.

42 — Deux saucières en porcelaine du Japon, à
décor de fleurs en bleu, rouge et or.

43 — Trois assiettes en porcelaine du Japon, décor
bleu.

PORCELAINES DIVERSES

44 — Six assiettes en ancienne porcelaine de Saxe,
décor polychrome de style chinois, à oiseaux et
arbustes.

45 — Deux assiettes en porcelaine italienne, à décor
de fleurs de style japonais, en bleu, rouge
et or.

FAIENCES

46 — Porte-huilier en faïence, ton crème, du temps
de Louis XVI, à tige quadrangulaire au centre
et support ovale, décoré de jeux d'enfants en
bas-relief.

47 — Deux assiettes en faïence de Saint-Clément (?),
à corbeille et fleurs au centre, et ornements
gaufrés au marli.

48 — Assiette en ancienne faïence de Delft, décor
polychrome, dit au tonnerre.

49 — Deux pièces en faïence : saladier et plat, avec
personnage au centre.

50 — Plat ovale en faïence de Strasbourg, décoré
de fleurs, et grand plat ovale, en faïence de
Rouen.

51 — Deux bidets en faïence de Rouen.

52 — Plat en faïence italienne, genre Urbino, décoré de grotesques.

53 — Quatre plats de faïences diverses.

BIJOUX

54 — Mascaron, tête d'homme en argent ajouré. Travail antique.

55 — Médaille en argent : Portrait d'homme avec la légende : *Adolphus Occo Frisius Medicus.*

56 — Cartouche en fer, contenant un médaillon en argent, représentant une muse.

57 — Petite branche porte-lumière en argent.

58 — Six couteaux de table à manches d'argent.

59 — Fourchette à trois dents en argent gravé à fleurs.

60 — Breloquet en or à chaînettes et parties émaillées bleu. Époque Louis XVI.

61 — Neuf boutons d'habit en stras et argent.

62 — Sept autres boutons d'habit en stras et argent, modèle à étoile.

63 — Collier en stras et argent.

64 — Autre collier en stras, argent et cuivre doré.

65 — Châtelaine en argent, stras et verre bleu.

66 — Collier en argent doré, émail à froid et pierreries.

67 — Cassolette, forme vase, en argent incrusté de coraux et de turquoises.

68 — Petite châtelaine en argent, avec devise : *Toujours unis*, et deux agrafes de manteau, en argent.

69 — Trois autres paires d'agrafes en argent.

70 — Quatre bijoux de cou en stras et argent. Saint-Esprit. Travail normand.

71 — Trois croix normandes en argent et cristal.

72 — Trois autres croix analogues à celles qui précèdent.

73 — Trois croix de même travail, variées de dimensions.

74-75 — Six châtelaines, dont quatre en cuivre doré et deux en acier.

76 — Deux grandes boucles d'oreilles italiennes, en argent doré.

77 — Deux boucles d'oreilles en argent, pavées de stras.

78 — Quatre boutons de manchettes en stras et argent.

79 — Trois pièces ornées de stras : boucles et petit cadre ovale.

80 — Broche formée d'un camée coquille, monté en
or.

81 — Lot de bijoux divers, tels que : boutons,
croix, boucles de ceintures, médaillons, etc.

SCULPTURES

82 — Deux statuettes en marbre blanc : enfants nus
sur une draperie. Travail italien. xviiie siècle.

83 — Petite plaque rectangulaire de diptyque, en
ivoire sculpté : l'Annonciation. xive siècle.

84 — Petite plaque rectangulaire de diptyque, en
ivoire sculpté : la Crucifixion. xive siècle.

85 — Médaillon ovale en ivoire sculpté, représentant
une Pieta avec un petit amour. xviie siècle.

ARMES ET FERS

86 — Épée à pommeau ovoïde, fusée garnie de fils
métalliques, quillons chevauchés et nombreuses
branches de garde et contre-garde en fer. Fin
du xvie siècle.

87 — Dague à fusée de bois et quillons chevauchés
en fer. Fin du xvi° siècle.

88 — Épée de cour à lame triangulaire gravée et à
fourreau, fusée et coquille en porcelaine tendre
de Capo di Monte à trophées de camaïeu rose ;
sur la lame, les devises : *Ne me tirez pas sans
raison, ne me remettez pas sans raison.* xvii°siècle.

89 — Couteau de veneur à poignée garnie de
plaques d'os et à lame de fer en partie damas-
quinée d'or. xvi° siècle.

90 — Deux outils à repasser, à poignée d'écaille et
cuivre. Époque Louis XIV.

91 — Petite boîte ovale en fer damasquiné d'argent
à figures de guerriers antiques. xviii° siècle.

92 — Petit tire-bouchon en fer formant cachet.

93 — Paire de ciseaux en fer gravé et doré.
xvii° siècle.

94 — Clef en fer doré à tige cannelée et poignée à
enroulements. xvii° siècle.

BRONZES

95 — Deux appliques à trois lumières en bronze doré, formées d'un buste d'homme terminé en queue de poisson et tenant les trois branches porte-lumières. Époque Louis XIV.

96 — Deux appliques à une lumière en bronze doré, à mascarons, guirlandes, carquois et palmettes. Époque Louis XIV.

97 — Deux paires d'appliques à deux lumières en bronze doré, à motifs rocaille et rubans. Époque Louis XV.

98 — Deux appliques à deux lumières en bronze doré, à guirlandes, feuillages et vases de flammes. Époque Louis XVI.

99 — Petite horloge de table carrée, en bronze doré et gravé sur ses faces, à figures représentant la *Perspective*, l'*Arithmétique* et l'*Architecture* ; sous le cadran, l'inscription : *Mors omnia æquat,* XVIe siècle.

100 — Plaquette circulaire en bronze représentant Mercure assis, avec bordure de palmettes. xvie siècle.

101 — Plaquette rectangulaire en bronze représentant la Crucifixion, d'après Riccio. xve siècle.

102 — Autre plaquette rectangulaire analogue, en bronze doré avec encadrement.

103 — Plaque rectangulaire en cuivre repoussé : le Christ et deux saintes femmes. Fin du xvie siècle.

104 — Baiser de paix en bronze orné d'une Pieta. xviie siècle.

105 — Chandelier formant bougeoir entouré d'une balustrade à quatre figures, en bronze doré. xviie siècle.

106 — Petit baiser de paix en bronze à fronton triangulaire : la Vierge et l'Enfant, et le Père Éternel. xvie siècle.

107 — Plaque carrée en cuivre repoussé et doré : la Sainte Famille. xvie siècle.

108 — Cinq pièces : trois couteaux espagnols, plaquette en bronze représentant l'Espérance, et agrafe triangulaire en bronze repoussé.

109 — Lot de sabots, clefs, entrées de serrures et ornements de bronze.

110 — Deux petits bras à une branche porte-lumière en bronze, du temps de Louis XIV.

111 — Petit presse-papier en forme de serpent en bronze doré.

112 — Petite monture de vase à trois pieds en bronze doré à motifs rocaille. Époque Louis XV.

113 — Petit socle à trois pieds-sphinx en bronze doré. XVIᵉ siècle.

114 — Plaquette ronde en bronze représentant une figure de Vénus accroupie.

115 — Garde d'épée en cuivre à figures en relief. Style Renaissance.

**

116 — Petite console-applique en bronze noirci, à mascarons, feuillages et quadrillés. Époque Louis XIV.

117 — Plateau de surtout de forme oblongue, en cuivre argenté, modèle rocaille et à fond de glace. Style Louis XV.

118 — Statuette de baigneuse debout, en bronze vert.

BOIS SCULPTÉ

119 — Statuette, en bois sculpté, d'Amour debout, les yeux bandés, sur un socle rectangulaire en bois également. XVIIᵉ siècle.

120 — Petit pupitre rectangulaire en chêne ajouré et sculpté à trophées et amours musiciens. Époque Louis XVI.

121 — Deux petites consoles-appliques en bois sculpté et doré, à rinceaux et feuillages.

122 — Socle rond à trois pieds, en bois sculpté et doré, à motifs rocaille. XVIIIᵉ siècle.

123 — Deux petites consoles-appliques en bois sculpté et doré, à lambrequins et palmettes. Époque Louis XIV.

124 — Cadre circulaire en bois sculpté, à couronne de laurier, coquille et feuillages. xviie siècle.

125 — Petite console-applique en bois sculpté et doré, à feuillages. xviiie siècle.

126 — Panneau rectangulaire en bois sculpté, orné sous un arceau flamboyant d'un vase accosté de grotesques, avec médaillon buste de femme à la partie inférieure. Fin du xve siècle.

127 — Panneau rectangulaire en bois sculpté, présentant en bas-relief une figure d'homme couronné de pampres à l'allégorie de l'Automne. xvie siècle. France.

128 — Fragment d'un panneau de la même suite, représentant l'Hiver sous la forme d'un vieillard tenant un fagot de bois. xvie siècle. France.

MEUBLES

129 — Armoire à hauteur d'appui à une porte en chêne sculpté, décorée sur le vantail d'une

rosace flamboyante et, sur le reste de sa surface, de serviettes repliées, avec fleurons gothiques. Fin du xve siècle.

130 — Petit meuble d'applique, à quatre pieds-
colonnettes cannelés, et deux tiroirs en bois
d'acajou à filets de cuivre et anneaux de bronze.
Dessus de marbre gris veiné. Époque Louis XVI.

131 — Petit cabinet italien en bois d'ébène, incrusté
d'ivoire. xvie siècle.

132 — Cadre de cheminée en bois sculpté, décoré
sur les montants de cariatides d'hommes et,
sur le linteau, d'un écusson supporté par
deux dragons. Fin du xvie siècle. Travail lyonnais.

133 — Petite tête en bois sculpté, provenant d'une
vielle. xviiie siècle.

134 — Secrétaire droit, à abattant et à porte à deux
battants, en bois de violette, avec entrées de
serrure en bronze doré. Dessus de marbre.
Époque Louis XVI.

135 — Petite table à ouvrage oblongue, de forme contournée, à un tiroir en bois de rose.

136 — Encoignure cintrée à hauteur d'appui, en marqueterie de bois des Iles, munie d'une porte à deux vantaux ornés de trophées. Dessus de marbre gris veiné. Époque Louis XVI.

137 — Armoire à hauteur d'appui, en bois de rose, avec encadrements de bois satiné, à une porte à deux battants; dessus de marbre. Époque Louis XVI.

138 — Petit bureau à cylindre en bois d'acajou ronceux, à quatre tiroirs, avec filets et galerie de cuivre et dessus de marbre blanc. Époque Louis XVI.

139 — Petite vitrine rectangulaire à hauteur d'appui, en bois de rose, à filets de bois de violette, à deux vantaux vitrés et dessus à abattant. Époque Louis XVI.

140 — Petite bibliothèque en bois de rose et de violette, à deux portes vitrées et tiroir au-dessus d'elles; sur les pans coupés, mufles de lion en bronze doré. Époque Louis XVI.

***

141 — Bureau à dos d'âne en bois de violette, muni
de quatre tiroirs et d'un abattant avec poignées
de bronze. Époque Louis XV.

142 — Petit pupitre à abattant en bois de violette.
Époque Louis XVI.

143 — Deux bibliothèques à hauteur d'appui, à
portes grillagées, deux battants en bois de
rose et de violette. Époque Louis XVI.

144 — Chiffonnier rectangulaire à hauteur d'appui,
en bois d'acajou, à filets de cuivre, muni de
trois tiroirs, surmontés de deux colonnettes et
d'une glace mobile. Dessus de marbre vert.
Époque Louis XVI.

145 — Petite armoire d'applique ou porte-clefs en
bois satiné et grillage de cuivre. Époque
Louis XV.

146 — Monture d'écran à deux faces, en bois
sculpté, à moulures et coquilles. Époque
Louis XIV.

147 — Berceau rectangulaire en bois sculpté, à
canaux, godrons et soleils, avec fronton de bois
sculpté, orné d'un soleil timbré d'une couronne

ducale et accosté de deux lévriers. Époque
Louis XIV.

148 — Écran de forme contournée, sur trépied et
avec monture de bois doré en étoffe rouge da-
massée à fleurs.

149 — Glace rectangulaire, ornée sur les bords et
sur son fronton de motifs de fleurs et cornes
d'abondance en cuivre repoussé et ajouré.
Époque Louis XIII.

150 — Table-toilette à triple abattant et à trois tiroirs en bois de rose, à bordure peinte en noir.
Époque Louis XV.

150 *bis* — Bureau plat Louis XIV.

151 — Secrétaire du temps de Louis XV, en marqueterie de bois satiné, avec dessus de marbre.

SIÈGES

152 — Fauteuil en bois sculpté à moulures, recouvert en broderie au point à guirlandes de fleurs
sur le siège, le dossier et les accoudoirs.
Époque Louis XVI.

153 — Deux fauteuils en bois sculpté et peint noir
et or, recouverts sur le dossier, le siège et les
accoudoirs de tapisseries de Beauvais, à sujets
tirés des fables de La Fontaine. Époque Louis
XVI.

154 — Deux chaises en bois sculpté et doré, à
pieds cannelés, recouvertes en broderie au
point à fleurs et rubans sur fond jaune. Époque
Louis XVI.

155 — Bergère en bois sculpté, à moulures et fleurettes, et peint en blanc, recouverte de velours
de laine rouge ciselé à fleurs. Époque Louis XV.

156 — Bergère en bois sculpté, à moulures et feuillages, peint en blanc, recouverte en velours de
laine rouge ciselé et quadrillé. Époque Louis
XVI.

157 — Deux fauteuils en bois sculpté, à moulures
et fleurettes, recouverts en broderie au point à
sujets allégoriques. Époque Régence.

158 — Petite banquette rectangulaire en bois
sculpté, à motifs rocaille et clous de cuivre.
Époque Louis XV.

159 — Deux tabourets ovales à quatre pieds cannelés en bois sculpté, à rubans, et recouverts en velours de laine rouge ciselé. Époque Louis XVI.

160 — Deux tabourets analogues, mais plus petits, recouverts en velours ciselé à feuillages et rayures de couleurs. Epoque Louis XVI.

161 — Banquette d'antichambre en bois sculpté, à six pieds cannelés. Époque Louis XVI.

VELOURS

162 — Tapis composé d'environ huit mètres de velours ponceau, à larges fleurs à fond jaune d'or. XVIIᵉ siècle.

163 — Chasuble en velours, à parterre à dessin vert sur fond brun clair et bande d'entredeux à fleurs en bleu et rouge.

164 — Petit tapis carré de velours de Gênes, à dessin vert sur fond jaune. XVIᵉ siècle.

165 — Deux petits morceaux de velours ponceau ciselé, décor à la grenade, pour sièges.

166 — Morceau de velours ponceau Louis XVI. — Long., 1 m. 15 cent. environ.

167 — Quatre lés, mesurant ensemble 4 m. 60 cent., de velours, à fond d'or et à quadrillés et bouquets rouges.

168 — Bandeau de velours ponceau, avec applications en or et en couleurs, et offrant au centre un cartouche ovale. XVIe siècle.

169 — Chasuble en velours violet, à petit dessin.

170 — Autre chasuble en velours noir du XVIe siècle.

171 — Autre chasuble en velours grenat, à petit dessin.

172 — Chasuble composée de deux bandes de velours, à parterre à petites fleurs de couleurs, et d'une bande de satin vert brodé à fleurs.

173 — Chasuble en velours rouge à la grenade et bande brodée au passé.

174 — Quatre morceaux de velours ponceau sur fond jaune, à large dessin, et portant le lis de Florence.

175 — Jupe en velours moderne vert uni. Six lés.

176 — Lot de bordure de velours bleu clair, ton sur ton.

177 — Fort lot de velours variés de nuances.

178 — Belle chasuble en velours du xvie siècle, à dessin ponceau sur fond jaune d'or.

179 — Autre chasuble en velours noir, à petit dessin.

180 — Lot de velours Louis XIV, rouge et crème, à large dessin, composé de trois chasubles et de deux lés mesurant ensemble 3 m. 80 cent. de largeur.

181 — Fort lot de fragments de velours, variés de nuances : étoles, manipules, etc.

BRODERIES

182 — Bandeau de damas de soie ponceau, brodé
en couleurs avec écusson au centre, et semé de
croix de Malte et autres ornements. Époque
Louis XIII.

183 — Grande chape en satin crème et bandes brodées à fleurs et rinceaux en soie et or.

184 — Couverture en filet brodé au passé, à larges
fleurs en couleurs.

185 — Panneau de broderie, à larges fleurs sur
fond crème

186 — Jupe en soie ponceau, bordée en argent et
soie de couleurs, à fleurs et ornements.

187 — Deux panneaux en damas bleu, à bouquets
de fleurs brodées en relief en argent.

188 — Chaperon en soie blanche, richement brodé
en or et couleurs.

189 — Petit panneau en taffetas bleu, encadré de broderies à bouquets de fleurs en soie de couleurs.

190 — Petit tapis carré, décoré de rinceaux et de fleurs en broderie de soie au passé, en couleurs sur fond blanc.

191 — Chape de taffetas crème, à branches de fleurs brodées en soie de couleurs et or. Époque Louis XIV.

192 — Petit tapis composé de deux bandes de toile brodée en soie ponceau. Travail de Chypre.

193 — Bandeau brodé à fleurs sur fond crème. — Long., 2 m. 20 cent.

194 — Pièce de broderie en or et couleurs sur fond blanc. XVIIIe siècle.

195 — Deux morceaux brodés du XVIe siècle, l'un sur velours, l'autre sur étoffe.

ÉTOFFES

196 — Grande chape en drap d'or, à riche dessin de fleurs et d'ornements sur fond rouge. xvii° siècle.

197 — Jupe et corsage en drap d'argent et fleurs brochées en or et couleurs. La jupe se compose de trois grands et de deux petits lés.

198 — Grande chape en drap d'argent et fleurs brochées en or et soie bleu pâle.

199 — Bandeau en soie jaune clair, avec applications de broderies et soutaches en soie blanche et ponceau ; soleils et cornes d'abondance.

200 — Chape en brocart d'argent, à dessin blanc et vert sur fond violet.

201 — Trois lés provenant d'une jupe en soie bleue rayée et semée de bouquets de fleurs polychromes.

202 — Cinq lés d'étoffe de soie rosée rayée, avec
bandes chinées et entredeux imitant la dentelle.
xviiie siècle.

203 — Six lés provenant d'une jupe, à fond bleu et
décor broché de style chinois, à fleurs et pa-
godes.

204 — Six lés provenant d'une jupe, en soie bleue
à fleurs de couleurs.

205 — Panneau composé de trois lés de brocart, à
écailles et fleurs sur fond bleu pâle.

206 — Jupe composée de six lés, à fleurs de couleurs brodées sur fond brun.

207 — Lot de soieries anciennes d'une fraîcheur
exceptionnelle, de même dessin, du temps de
Louis XVI, joli et léger (fleurs et bandes ondu-
lées), argent sur fond cerise, savoir : deux
rideaux doublés, bordés d'une lézarde au galon,
de cinq mètres vingt centimètres chacun,
en deux largeurs. Plus, onze mètres quatre-
vingt centimètres de soierie pareille, en quatre

grands morceaux, un autre petit et deux bandes
pouvant faire un ensemble de douze mètres.

208 — Jupe défaite composée de neuf lés, de soie
crème rayée vert et violet, avec bouquets de
fleurs polychromes.

209 — Chasuble incomplète en velours bleuâtre.

210 — Jupe Louis XVI, en moire blanche rayée
rose et bouquets de fleurs.

211 — Jupe rose rayée de blanc et semée de fleurettes.

212 — Quatre rideaux en brocatelle ponceau, dessin
à la couronne, formés chacun de deux lés et
garnis de franges. — Haut., 3 mètres; larg.,
1 m. 30 cent.

213 — Dix-sept mètres et soixante-dix centimètres
de damas ponceau du xvie siècle.

214 — Couverture en taffetas rosé, rayé bleu, et ramages en soie de couleurs. Huit lés.

215 — Chasuble en soie saumon, à fleurs brochées
et rehaussée de parties lamées d'argent.

216 — Panneau en satin crème, brodé à fleurs et
ornements jaunes. Il est de forme irrégulière.

217 à 227 — Diverses couvertures en damas rouge.
(Le lot sera divisé.)

228 — Lot de brocatelle rouge, ton sur ton, à grands
ramages, du temps de Louis XIV.

229 — Lot de brocatelle rouge et jaune, à grands
ramages, du temps de Louis XIV.

230 — Jupe de soie vieux rose, à fleurs et ramages.
— Long., 8 mètres.

231 — Petit tapis à quadrillé bleu, sur drap d'argent.

232 — Jupe à ramages blancs et rosés sur fond
rouge. Sept lés.

233 — Lé de trois mètres de long, de damas bleu à
petits dessins de vases et ornements.

234 — Fort lot de damas rouge du xvie siècle, qui pourra être divisé.

235 — Quantité de débris d'étoffe de soie, qui seront vendus par lots.

236 — Deux pièces de lampas bleu et rose, à bandes ornées, alternant.

237 — Jupe bleue à bouquets et à ramages. Sept lés.

238 — Tapis composé de six lés de brocart bleu clair, à ramages rosés.

239 — Jupe de sept lés à fond bleu et ramages de couleurs.

240 — Jupe de cinq lés à fond bleu, à fleurs blanches et rouges.

241 — Jupe en taffetas bleu, semée de fleurettes. Cinq lés.

242 — Jupe bleue à ramages de couleurs. Cinq lés.

243 — Deux portières en damas de soie bleue, à dessin ton sur ton, aux armes de Capponi, de Florence, et bordées de franges.

244 — Panneau de quatre lés de damas bleu, de 3 m. 15 cent. de hauteur.

245 — Couverture en damas bleu, à dessin ton sur ton à fleurs et quadrillé.

246 — Panneau composé de quatre bandes de damas de soie rouge sur fond gris.

247 — Devant d'autel ou bandeau de damas de soie ponceau et fleurons brochés en or à grenades.

248 — Bandeau de damas crème, bordé de trois côtés de bandes de velours à parterre ponceau, à dessin grenades.

249 — Panneau de satin crème à larges bandes d'ornements Louis XIV.— Larg., 3 m. 20 cent.; haut., 1 m. 5 cent.

250 — Jupe en satin blanc rayé et broché, à petits bouquets.

251 — Six lés de brocart feu à dessin Louis XIV, or et argent.

252 — Grande couverture en brocatelle, à dessin bleu sur fond gris.

253 — Grande couverture en damas jaune, bordée de soie brune, à fleurs.

254 — Jupe en taffetas rayé vert et rose. Huit lés.

255 — Bandeau de quatre lés de brocart or et argent, à large dessin, sur fond vert avec rehauts de rouge.

256 — Panneau de damas ponceau, mesurant 3 m. 30 sur 3 m. 50 cent.

257 — Tenture en brocatelle jaune.

258 — Chasuble en étoffe de soie brochée, à fleurs de couleurs.

259 — Chasuble en brocart d'or et d'argent, sur fond de soie bleue.

260 — Autre chasuble en drap d'argent, à petits dessins bleus.

261 — Autre chasuble en brocart feu à large dessin d'or et d'argent, rehaussé de bleu.

262 — Deux dalmatiques en brocatelle rouge, à fond jaune d'or.

263 — Couverture en satin cramoisi, avec dessin en soutache jaune, chiffre et couronne au centre.

264 — Robe en taffetas bleu clair, à dessin blanc à fleurs.

265 — Jupe de soie bleue rayée, à bouquets de fleurs de couleurs. Six lés.

266 — Costume vénitien en brocart à fond jaune et fleurs, composé d'une veste, d'un gilet et d'une culotte.

267 — Deux bandeaux de damas garnis de passementerie.

268 — Jupe composée de six lés de soie ponceau à ramages de couleurs.

269 — Autre jupe de même genre à fleurs, blanche et de couleurs, et composée de sept lés.

270 — Jupe rose en soie brochée et quadrillée. — Long., 8 mètres.

271 — Jupe couleur orange, semée de fleurs. — Long., 6 mètres.

272 — 1 m. 10 cent. de moire bleu clair, à ramages ton sur ton. Époque Louis XV.

273 — Couverture en damas rouge, bordée d'un galon et de glands. Quatre lés de 2 m. 30 cent.

274 — Tapis de table en satin brun soutaché. Époque Louis XIV.

275 — Lot de satin rosé, semé de fleurettes violacées et feuillages verts. Environ 12 mètres.

276 — Couverture en satin bleu, à fleurs et ornements blancs. Huit lés.

277 — Couverture analogue à celle qui précède, à
fleurs bleues et roses sur fond blanc d'argent.
Huit lés.

278 — Jupe en taffetas blanc semé de fleurettes
peintes.

279 — Jupe composée de six lés, à fond rouge et
bouquets de fleurs.

280 — Autre jupe composée de six lés, à fond rouge,
brochée à tiges et bouquets de fleurs.

281 — Deux portières en brocatelle rouge et jaune,
garnies de franges, mesurant ensemble environ
11 m. 20 cent.

282 — Jupe Louis XVI, en soie bleu clair semée
de fleurettes. 8 mètres.

283 — Quatre lés de drap d'argent, à fleurs sur
fond gris bleu.

284 — Tapis de satin bleu, à ramages et fleurs en
couleurs, garni d'une frange bleue à grilles.

285 — Jupe et corsage en étoffe de soie sur fond de toile bleue écrue. Ensemble, treize lés.

286 — Couverture composée de quatre lés mesurant ensemble environ 8 m. 90 cent. de damas soie, à dessin jaune sur fond cramoisi.

287 — Partie de jupe composée de cinq lés, à fleurs en quadrillés sur fond bleu.

288 — Deux panneaux en hauteur, de brocatelle rouge et jaune, du XVIᵉ siècle, garnis de franges. — Haut., 1 m. 50 cent. chaque.

289 — Panneau de brocatelle rouge et jaune, mesurant 11 m. 70 environ.

290 — Tapis de brocatelle jaune serin, garnie de franges rouges. 1 m. 75 cent., sur 1 m. 25 cent.

291 — Jupe composée de cinq lés à fond ponceau, à tiges et bouquets de fleurs.

292 — Jupe analogue à celle qui précède et composée de six lés.

293 — Autre jupe de même genre, composée également de six lés.

FRANGES ET GALONS

294 — 16 m. 40 cent., frange verte.

295 — 21 mètres frange à grille ton écru.

296 — 5 m. 90 cent., galon velouté vert.

297 — 4 mètres franges à grille, pompons de velours et effilés, ton jaune clair.

298 — 19 m. 70 cent., frange alternée rouge et jaune.

299 — 9 m. 80 cent., frange bleue à grille.

300 — 8 mètres de frange analogue.

301 — Autre fort lot de frange bleue à grille.

302 — 18 mètres de frange chinée vert et crème.

303 — 21 mètres de galon vert et argent.

304 — Fort lot de franges, galons et glands.

305 — Fort lot de galons rouge et crème du temps de Louis XIV.

306 — Fort lot de galons d'or et d'argent.

GUIPURES

307 à 309 — Trois couvre-lits en guipure, filets et toile brodée. Ils seront vendus séparément.

310 — Quantité de morceaux de guipures, de filets, etc., qui seront vendus par lots.

311 — Petit tapis de table en guipure encadré d'une dent.

TAPISSERIES

312 — Belle tapisserie de Flandre à sujet d'après Teniers, la Partie de cartes dans un paysage.

Bordure de fleurs et de fruits et encadrement à
oves imitant le bois doré. Dans le bas à droite,
un nom illisible. — Haut., 3 m. 5 cent.; larg.,
2 m. 30 cent.

313 — Tapisserie de la suite des Amours de Gom-
baut et Macée avec de nombreux personnages et
bordure sur fond rouge, décorée d'attributs
champêtres. France, XVIᵉ siècle.

314 — Garniture de large baie en tapisserie à fleurs
et draperies sur fond bleu. Époque Louis XVI.
— Haut., 2 m. 30 cent.; larg., 4 mètres.

315 — Coffre à bois, couvert de tapisserie pareille
à celle qui précède.

316 — Quatre morceaux de tapisserie au point à
larges fleurs sur fond noir.

317 — Cinq sièges en tapisserie au point, les sièges
à ramages et les dossiers à personnages.

TAPIS

318 — Grand tapis d'Orient de forme carré long,
mesurant environ 4 m. 20 cent., sur 3 m. 80 cent.

319 à 326 — Huit carpettes orientales à dessins
variés.

www.ingramcontent.com/pod-product-compliance
Lightning Source LLC
LaVergne TN
LVHW012016180726
843502LV00005B/1743